Le Bestiaire ou cortège d'Orphée

动物寓言集或俄耳甫斯的随从队列

Guillaume Apollinaire

[法] 纪尧姆·阿波利奈尔 诗

[法] 劳尔·杜飞 画

潘博 译

四川文艺出版社

目录

给埃莱米尔·布尔热

（Elémir Bourges）

俄耳甫斯 *

请赞赏卓越的权力

和线条的高贵**：

它是光使之听到的声音

并且是三倍伟大的赫尔墨斯在他的比芒德斯***中谈论的声

音****。

---

*俄耳甫斯，古希腊神话中的竖琴诗人。他自小跟从父亲学习弹奏竖琴，他的琴声令百兽俯
首帖耳。在伊阿宋率领阿耳戈英雄夺取金羊毛的过程中，正是他的琴声制服了守护羊毛的
巨龙。归程中遇到塞壬，又是他的英雄赞歌歌才保证英雄们没有沉迷于塞壬的歌声，得以顺
利返回。俄耳甫斯的妻子欧律狄刻被毒蛇咬死，他用琴声打动了冥王，冥王答应放他们回
去，条件是离开地府前不得回头看他的妻子。可他最终还是在冥河回了头，妻子就这样永
不得复返。——译注（本书脚注均为译注，以下不赘）
**请参考作者注<1>。
***《赫尔墨斯总集》第一章标题。
****请参考作者注<2>。

龟

来自有魔力的色雷斯*，哦谵妄！
我稳当的手指使竖琴拨响。
动物们都去往
我的龟声，我的歌声。

---

*请参考作者注<3>。

马

我冷酷而明确的梦将知晓骑你。
我的黄金车的命运将是你漂亮的车夫*
他将为了缰绳狂热地绷紧，
我的诗行，所有诗的典范。

---

*请参考作者注<4>。

藏羚羊

这只羚羊的毛和甚至
伊阿宋*为此花那么大努力的
金羊毛，毫无价值
比起我钟爱的头发

---

*伊阿宋，夺取金羊毛的阿耳戈英雄的首领，美狄亚的丈夫。

蛇

你热衷于美。
而哪些女人曾是
你残酷的牺牲品!
夏娃、欧律狄刻、克勒俄帕特拉;
我还认识三四位。

猫

我希望我的房子里有：

一个有理性的女人，

一只经过书的猫，

一些四季都来的朋友

没有这些我不能活。

狮　子

哦狮子，可悲地丧权的
王们的不幸的画面。
你现在只出现于笼中
在汉堡，在德国。

野　兔

别好色又胆小
像野兔和恋人。
但愿一直它的脑袋是
怀孕的圆滚滚的雌野兔[*]。

---

*请参考作者注<5>。

家　兔

我认识另一个阴户
我想抓住活蹦乱跳的它。
它的养兔林在温柔乡的
山谷的百香林丛中。

单峰驼

带着他的四头单峰驼
唐·佩德罗·阿尔法鲁维拉
周游世界并且赞美世界。*
他做了如果我有四头单峰驼
我想做的事情。

---

*请参考作者注<6>。

鼠

美丽的时日，时间的鼠，
你逐步啃噬我的生命。
上帝！我即将二十八岁。
并且过得糟糕，在我的渴望中。

023

象

正如象有牙，

我嘴里有珍贵的财产。

绛红色的死亡！……我买我的光荣

以悦耳的词的代价。

俄耳甫斯

请看这支散发恶臭的队伍

千只爪，百只眼：

轮虫类、蛆、昆虫、

和微生物神奇胜过

世界七大奇迹

和罗斯蒙德皇宫*！

———

*请参考作者注<7>。

027

毛毛虫

劳动通达富裕。
穷诗人们，我们劳动吧！
无止歇地劳动的毛毛虫
变为富裕的蝴蝶。

蝇

我们的蝇知晓的歌曲

在挪威习得

魔力的蝇是

雪的神性。*

跳　蚤

跳蚤们，朋友们，甚至情人们，
它们多残酷它们多爱我们！
我们全部的血为它们流。
心爱的人是不幸的。

蝗　虫

这是上等的蝗虫，
圣约翰的食粮。*
愿我的诗行如它一样，
是最好的人们的美味。

---

*请参考作者注<9>。

俄耳甫斯

但愿你的心*是诱饵、天空和泳池！

因为，渔夫，不管是淡水鱼还是海鱼

都一样，并且通过外形与味道，

耶稣，我的救世主所是的这条漂亮的神鱼？

---

*本书中原文大写的部分在中文中加粗显示，以下不赘。

海　豚

海豚，你们在海里玩；
可波浪一直是苦涩的。
有时，我的快乐显露?
生活仍然是残酷的。

章　鱼

朝天空吐它的墨汁，

吮它所爱的动物的血

并且认为这美味，

这个非人的魔鬼，就是我自己。

水　母

水母们，不幸的脑袋上
紫色的头发
你们在暴风雨中感到惬意，
而我也在其中感到惬意正如你们。

螯　虾

不确定，哦我的乐趣
我和你们我们走开
正如螯虾们走开，
后退，后退。

鲤　鱼

在你们的鱼塘里，在你们的水塘里，
鲤鱼们，你们活得真长久！
是否死亡遗忘你们，
忧郁的鱼们。

俄耳甫斯

雌性的翠鸟，

爱，飞翔的塞壬，

知晓危险而无情的

致命的歌。*

请不要听这些受诅咒的鸟，

听来自天堂的天使。

---

*请参考作者注<10>。

塞　壬

我知晓你们的烦忧自何处来，塞壬们
当你们哀叹，向四面八方，在夜里？
海，我如你，充满阴谋的声音
而我歌唱的大船被命名为年代。

鸽 子

鸽子，爱与灵
耶稣-基督所孕育，
如您一样我爱一位玛利亚，
我和她结婚。

孔　雀

开屏，这只鸟，
它的羽毛拖在地上，
它仍然显得更美，
可暴露了屁股。

猫头鹰

我可怜的心是一只猫头鹰

人们钉上它，人们拔下它，人们又钉上它。

用血，用热情，它到了极限。

所有爱我的人，我颂扬他们。

白　鹮

是的，我将去往泥土的阴影里
哦确定的死亡，但愿如此！
致死的拉丁语，可怖的话语，
白鹮，尼罗河河岸的鸟。

牛

这位司智天使*说颂扬的话
来自天堂，在天使们身旁，
我们将重生，我亲爱的朋友们，
当仁慈的上帝允许这样。**

作者注

<1>　　请赞赏卓越的权力

　　　　和线条的高贵。

他称赞构成这些图像的线条，这种诗歌娱乐的卓越的装饰。

<2>　　它是光使之听到的声音

　　　　并且是三倍伟大的赫尔墨斯在他的比芒德斯中谈论的
　　　　声音。

"很快，有人会在'比芒德斯'中读到，黑暗降临……并且他从中发出类似光的声音的一声发音不清晰的叫喊。"

这种"光的声音"，难道不是素描，也就是线条？而当光充分显露时万有都被染色。绘画确实是一种发光的语言。

<3>　　来自有魔力的色雷斯。

俄耳甫斯出生于色雷斯。这位崇高的诗人弹奏墨丘利赠予他的一把竖琴。竖琴由乌龟的甲壳、贴在四周的皮革、两根树枝、一件琴马和用母羊肠做的琴弦制成。墨丘利也将竖琴赠予阿波罗和安菲翁。当俄耳甫斯弹起竖琴唱起歌，连野兽也来倾听他的雅歌。俄耳甫斯发明了全部的科学和全部的艺术。基于这种魔力，他知道未来并且以基督教的方式预言了**救世主**的降临。

<4>　　我冷酷而明确的梦将知晓骑你。

　　我的黄金车的命运将是你漂亮的车夫。

　　第一位骑上飞马珀伽索斯的是柏勒洛丰，当他去袭击喷火怪物喀迈拉时。今日存在很多喀迈拉，并且在与作为诗歌的最大敌人的那只喀迈拉作战之前，给珀伽索斯套上笼头甚至套上车为好。你们知道我想说的意思。

<5>　　怀孕的圆滚滚的雌野兔。

　　在野兔家族中异期复孕是可能发生的。

<6>　　带着他的四头单峰驼

　　唐·佩德罗·阿尔法鲁维拉

　　周游世界并且赞美世界。

　　题为"葡萄牙王子唐·佩德罗的故事"的著名旅行纪事讲述的是：葡萄牙王子唐·佩德罗·阿尔法鲁维拉在十二名随从的陪伴下上路去寻访世界的七个部分。这些旅行者分骑四匹单峰驼，途经西班牙之后，他们到了挪威，又从挪威到了巴比伦和圣地。这位葡萄牙王子还寻访了约翰神甫的众国度，最终于三年又四个月后返回故国。

<7>   和罗斯蒙德皇宫。

关于这座宫殿，英格兰国王对他的情妇的爱的见证，有这样一段我不知道作者为何人的悲歌诗节：

> 为了让罗斯蒙德皇宫免受仇恨的侵袭
>
> 王后对这座宫殿的仇恨，
>
> 国王下令建造一座宫殿
>
> 人们从未见过的样式。

<8>   **魔力的蝇是**
    雪的神性。

并不是全部的蝇都呈现雪絮状，但它们中很多曾受到芬兰或拉普兰的巫师的驯化并且服从他们。那些巫师都是父子相传并且将蝇关在一个盒子里保管，它们不为人所见，准备好成群飞出来折磨盗贼，它们唱着魔力的话语，它们本身因此而不朽。

<9>   **这是上等的蝗虫，**
    圣约翰的食粮。

"这约翰身穿骆驼毛的衣服，腰束皮带，吃的是蝗虫、野蜜。"《马可福音》1：6。

<10>　　**雌性的翠鸟，**

　　　　爱，飞翔的塞壬，

　　　　知晓危险而无情的

　　　　致命的歌。

　　那些航海者，听到雌性的翠鸟歌唱，就准备好赴死，然而十二月中旬前后除外，在那段时间鸟在筑巢，而航海者认为那时的大海是平静的。至于爱和塞壬，这些美妙的鸟歌唱得那么和谐，聆听的人的生命甚至都不算是为了报偿这种音乐而付出的过分高昂的代价。

<11>　　**这位司智天使。**

　　人们在奉献于服务和神性的光荣的天堂等级中区分出有陌生形体的生灵和最令人惊异的美。司智天使是长着翅膀的公牛，但绝不怪异。

<12>　　**当仁慈的上帝允许这样。**

　　操习诗歌的人别无追求，他们只爱上帝本身所是的完美。而这种神性的仁慈，这种崇高的完美可能会抛弃那些只把发现并且称颂它们当作人生目标的人吗？这好像不可能，并且，我感觉，诗人有权希望

在死后得到由对上帝也就是对完美的崇高的完整认知所获取的永久的幸福。

附　录

神　鹰 *

这位司智天使说颂扬的话

来自天堂，在天使们身旁，

我们将重生，我亲爱的朋友们，

当仁慈的上帝允许这样。

---

*汉斯·卡维尔的指环这个故事最著名的版本出现于拉伯雷的《巨人传》第二十八章。拉封
丹曾根据拉伯雷的版本将之改写为一首同名诗。故事大意是一个娶了年轻貌美的妻子的老
头儿担心妻子出轨。魔鬼在梦里许诺给老头儿一只能阻止妻子出轨让他当乌龟的指环。当
他醒来，发现妻子抱怨他把手指伸进了她的阴户。此诗法文题目condor, 即con d'or (金阴
户) 的谐音。

虱　子

我们模仿人们蔑视的

这只昆虫的韧性吧。

搔头的女士们、先生们

它将永不松手。

猴　子

当在洞里它奴隶的手

拿来罐头肉

人们能不揉脑子

而说：人是猴子的后裔。

蜘　蛛

人们甚至知晓在巴布亚
那只过分轻信的蜘蛛
已经用一把剃刀给自己放血
为了虱子的骗人的眼睛。

译后记

一、版本源流

纪尧姆·阿波利奈尔（Guillaume Apollinaire）在 1908 年 6 月 15 日出版的第 24 期的《方阵》（*La Phalange*）杂志发表了总题为《四季的女商人或尘世的动物寓言集》（*La Marchande des quatre saisons ou le bestiaire mondain*）的一组诗，按顺序包含以下 18 首诗：《女商人》《龟》《马》《藏羚羊》《猫》《狮子》《野兔》《家兔》《单峰驼》《女商人》《毛毛虫》《蝇》《跳蚤》《女商人》《孔雀》《猫头鹰》《白鹮》《牛》，这构成了后来的《动物寓言集或俄耳甫斯的随从队列》（*Le Bestiaire ou cortège d'Orphée*）的最初结构。

早在 1906 年，毕加索在他的工作室开始计划为阿波利奈尔这些诗制作一组动物木刻版画，生性散漫的毕加索并没有完成这一计划，最终止于一只鹰和一只小鸡。

到了 1910 年，对毕加索失去耐心的阿波利奈尔开始与艺术家劳尔·杜飞（Raoul Dufy）一起工作，准备这部《动物寓言集》。阿波利奈尔正是在此时用俄耳甫斯代替了女商人，补充了 12 首诗，并且为 30 首诗添加了 12 条注释。

终于在 1911 年，《动物寓言集或俄耳甫斯的随从队列》由德普朗什（Deplanche）出版，收诗30首，配以相应数量的劳尔·杜飞的黑白木刻版画。

二、翻译说明

《动物寓言集或俄耳甫斯的随从队列》译自1965年七星文库版《阿波利奈尔诗全集》。附录中的4首诗曾可能成为本书的一部分，其中《神鹰》（后来被《蛇》替换）和《虱子》2首诗因为形式过分自由被作者剔除，《猴子》和《蜘蛛》2首诗发表于1919年出版的《敏捷的兔子的那些夜晚》（*Les Veillées du lapin agile*）。我们以附录形式列于书后，供读者参考。

书中涉及古希腊神话和《圣经》的部分，译者在作者注没有涉及的地方添加了少量力所能及的注脚，希望对读者有用。本书译者将会无限感激未来的汉语读者提出的批评和建议。

潘博

2015年夏于杭州

图书在版编目（CIP）数据

动物寓言集或俄耳甫斯的随从队列 / (法) 纪尧姆·
阿波利奈尔诗 ; (法) 劳尔·杜飞画 ; 潘博译. –– 成都:
四川文艺出版社, 2019.9
　（诗画译丛）
　ISBN 978-7-5411-4904-7

Ⅰ.①动… Ⅱ.①纪… ②劳… ③潘… Ⅲ.①诗集–
法国–近代 Ⅳ.①I565.24
　中国版本图书馆CIP数据核字（2019）第133011号

DONGWU YUYANJI HUO E'ERFUSI DE SUICONG DUILIE

动物寓言集或俄耳甫斯的随从队列

[法] 纪尧姆·阿波利奈尔　诗　　　[法] 劳尔·杜飞　画　　潘 博 译

策　　划　周　轶
责任编辑　苟婉莹
责任校对　段　敏
责任印刷　崔　娜
封面设计　邵　年
内文设计　邵　年

出版发行　四川文艺出版社（成都市槐树街2号）
网　　址　www.scwys.com
电　　话　028-86259287（发行部）028-86259303（编辑部）
传　　真　028-86259306

邮购地址　成都市槐树街2号四川文艺出版社邮购部610031
排　　版　四川胜翔数码印务设计有限公司
印　　刷　成都东江印务有限公司
成品尺寸　142mm×200mm　　　开　本　32开
印　　张　2.625　　　　　　　字　数　60千
版　　次　2019年9月第一版　　印　次　2019年9月第一次印刷
书　　号　978-7-5411-4904-7
定　　价　39.00元